KB164538

코끼리가 쏟아진다

창비시선 484

코끼리가 쏟아진다

초판 1쇄 발행 / 2022년 11월 10일
초판 2쇄 발행 / 2022년 12월 26일

지은이 / 이대흠
펴낸이 / 강일우
책임편집 / 김가희 박문수
조판 / 박아경
펴낸곳 / (주)창비
등록 / 1986년 8월 5일 제85호
주소 / 10881 경기도 파주시 회동길 184
전화 / 031-955-3333
팩시밀리 / 영업 031-955-3399 편집 031-955-3400
홈페이지 / www.changbi.com
전자우편 / lit@changbi.com

ⓒ 이대흠 2022
ISBN 978-89-364-2484-8 03810

* 이 책은 2021년도 한국문화예술위원회 아르코문학창작기금 지원사업에
  선정되어 발간되었습니다.
* 이 책 내용의 전부 또는 일부를 재사용하려면
  반드시 저작권자와 창비 양측의 동의를 받아야 합니다.
* 책값은 뒤표지에 표시되어 있습니다.

코끼리가 쏟아진다

이대흠 시집

창비

차
례

제1부

제2부

제3부

제 1 부

마음의 호랑에서 코끼리떼가 쏟아질 때

당신에게서 문득 파닥이는 꽃을 받았습니다

5초간,
감정의 국경을 침범하지 않을 방법을 연구합니다

당신이 내민 꽃떼를 받지 않을 수 없어서 나는 이름에 간힌 죄들을 모두 풀어버렸습니다

이러다 꽃에 물리면 온통 당신의 향기가 독처럼 퍼질 것입니다

지금 떠나시렵니까?

나의 마음은 충분히 방목 중입니다

혈액이 흐르는 외투

언제 밥 한번 먹자라는 말의 순도는 친밀도와 비례합니다 공식입니다만 공식적인 것엔 도금된 경우가 많다는 것을 잊어서는 안 됩니다 가까이 사는 나무의 잎들은 빈번히 접촉하지만 서로의 영양분을 공유하지는 않습니다

틈 될 때 커피 한잔 하자는 말보다는 언제 잠깐 몸 좀 빌려쓰자고 하는 게 낫습니다 택배 차량에서 잠시 만났다 헤어지는 화물들처럼 우리는 만나고 이별합니다 몸만 사용하는 게 가능하지 않다면 감정은 혈액이 흐르는 외투일 것입니다 감정을 벗고 만날까요 어떤 경우에도 감정을 전당포에 맡기는 것은 쉽지 않습니다

가슴 뛰는 설렘 속에는 이미 괴로움이 발생했습니다 그림자는 향기를 복사하지 못합니다 마음은 바빠서 몇 생을 후딱 딴살림 차렸다가 돌아오기도 합니다 시소의 양 끝에 놓인 듯 오르내리는 감정들을 바라봅니다

그러나를 수신하는 방식

있다는 것만으로도 결은 발생합니다
숨결이거나 물결이거나 바람결이거나 한번 일어난 결은
번져서 끝까지 지워지지 않습니다

나의 파장과 당신의 파장이 만나는 순간을 파도가 쳤다라
고 표현해야 할까요
주파수가 맞으면 소리가 나오는 라디오처럼 당신의 신호
를 기다립니다

그러나라는 당신, 당신의 그러나

당신의 기척이 내게로 전해질 때 나는 몸 밖으로도 핏줄
이 흐른다고 생각했습니다 당신의 호흡에 나의 호흡이 묻혀
갈 때 우리의 심장은 서로를 흉내 내며 뛰었지요 보이지 않
더라도 전파처럼 전해지는 것이 있습니다

잠시 지지직거리며 나는 나에게 몰두합니다 이미 온 감
기처럼 내 안의 깊은 곳에 숨어 있는 당신을 찾아내었을 때
나는

어린 당나귀처럼 마구 나를 흘리고 싶어 견딜 수 없습니다

노랑을 입을래요

검정이나 파랑이 아닌 노랑을 입을래요 노랑은 나를 함부
로 내다 버리지 않을 것 같아요

편견입니다
사람들은 자기의 편견으로 오염시키고 싶어서
외로워합니다

내 말이 맞다니까!
소리를 지릅니다

맞다라는 말은 발목이 묶인 말 같습니다
맞다라는 말은
마취 효과를 발휘합니다

진실이 아닙니다

떨어진 빵 조각처럼 나는 맞습니다
떼를 지어 오는 개미들을 보며
나의 편견이 나의 마음을

뜯어 먹고 있는 것을 봅니다

안녕합니다
묻는 인사보다는 나를 보여주는 인사가 더 필요합니다

노랑을 입을 것입니다
노랑 구두에
노랑 넥타이를 하고

걷겠습니다
차가운 당신의 외딴방에
봄을 켜겠습니다

감정의 적도를 지나다

 적도를 지난 적은 있지만 주소지로 두지는 않았습니다 그
것은 바람이 한 댓잎을 스치는 순간처럼 순식간의 일이었습
니다 그러므로 어떤 머뭇거림은 감정의 적도라 불러야 합니
다 느낄 수는 있어도 머물지는 못합니다

 그대에게 묻습니다
 그때 그 순간을 아바나의 말레이시아라 불러도 되겠습니
까 나뭇잎에 담긴 호수의 물결이라고 기억합니다 노랑이었
습니다 그대의 혀에서는 물푸레 물푸레 수많은 잎들이 돋았
습니다

 기억의 퍼즐은 한번도 완성되지 않았습니다 오답만으로
채워진 사랑도 가능하리라 믿으며 감정의 좌표를 바라봅니
다 어떤 위도에서는 예측할 수 없는 폭풍이 일어납니다 그
대를 잃어버렸으나 사랑을 잃지는 않았습니다

 오래전의 그날을,
 그 밤의 설렘을 지금으로 데려오는 건
 호안끼엠 호수에서 잃어버린 단추를 찾아내는 것과 같습

니다

    그날의 입술과 숨결과 커다란 나뭇잎과 불에 젖은 망사 같은 공기만 떠오릅니다 나는 사랑의 지도를 완성할 수 없습니다 극을 향해 달려가기도 했습니다만 나를 떠나지는 않았습니다

슬픔도 배달되나요

다른 걸 맛보고 싶어요 기쁨이나 괴로움은 너무 먹어서 이번에는 피하고 싶어요 메뉴에 슬픔도 있던데 그것도 배달이 되나요

기왕이면 커다란 슬픔으로 배달해주세요 인공조미료는 싫어요 똑같은 맛의 슬픔은 슬픔의 가면일 뿐이지요 익숙한 맛이 나는 슬픔은 사양합니다 아주 맵게는 말고요

슬픔이 가장 슬픔다운 맛이 나도록 양념은 거의 안 하셔도 됩니다 그래요 문은 열어놓겠습니다

살아 있는 걸 보낸다고요?

어휴 그건 좀 부담이 되는데요 그래도 귀한 것이니까 배달해주세요 뭐 경험해보지요 지금 바로 당신의 슬픔을 배달해주세요 힘들면 슬픔의 재료라도 보내주세요

나는 지금 슬픔에 허기져 있거든요

몇그릇의 슬픔도 문제없어요 보내만 주세요 고맙습니다
지금 바로 오실 거죠?

지렁이 어머니

여자는 죽어서 어머니가 되었습니다

어머니는 죽어서 지렁이가 되었습니다

눈멀고 귀먹은 천치 땅 신령이 되었습니다

독취(獨醉)

그리고 기억의 주머니에서 반짝이는 추억 서른일곱개를
꺼내어 벽에 붙일 것입니다

이승의 국경 너머 다녀온 바람이 내 몸을 빌리려 할 때 내
마지막 호흡 하나는 당신의 손에 쥐여주고 싶습니다 비바람
이 몰아쳐 견딜 수 없을 때면 당신과 내가 눈 마주치며 꽃을
끄고 누워서 개구쟁이가 되어도 좋겠습니다 우박처럼 별빛
이 쏟아지면 채찍 같은 세월을 견디고 싶어서 우리는 명랑
을 개발합니다

아우슈빠이

와우라족의 아침 인사는 아우슈빠이
길 가다 만나도 똥 누다 만나도 아우슈빠이
아침이 아니어도 아우슈빠이

고맙다는 말도 안녕이라는 말도
반갑다는 말도 아우슈빠이
잘 가라는 말도 잘 자라는 말도
아우슈빠이

죽음을 품은 씨앗에게도
죄의 근원인 사랑에게도
아우슈빠이

사무쳐 울고 있는 자여
온통 어둠에 갇혀 있는 열기여 씨앗이여
더러워질 일만 남은 꽃이여 아우슈빠이

멀리 따로 있는 당신을
별이라 부르며 아우슈빠이

내가 당신의 이름으로 아름다워질 날이 있겠습니까?
묻는 당신에게도 아우슈빠이

아침마다 죽음을 먹고
죽음을 낳는 내게도

햇살 아래 분명히 드러난
영원한 죽음인 당신에게도
아우슈빠이

지금 내게 남은 시간은
내가 잃어버릴 나를 우는 시간이라오
아우슈빠이

어란

별들이 포말처럼 떠 있던 여름밤이었습니다 파도의 운율에 귀를 내어주면 영영 흘러갈 것만 같았습니다 나는 새벽까지 실 같은 말을 토해냈습니다 줄줄 새어나오는 말로 그물코를 지었다면 그대를 보내지 않을 수 있었을까요 너무 뜨거우면 녹아버리는 매생이 줄기처럼 어떤 말들은 투명한 바람이 됩니다

뒤늦게 나는 돌낮 같은 하염없음을 생각합니다 슬픔에도 변두리가 있습니다 문득 마주친다면 나는 심심한 면발처럼 웃을 것입니다 그저 가만 생각하는 것만으로도 눈물이 날 것만 같은 그런 냄새를 나는 좋아합니다

봄을 입고

　내 마음의 언덕에 집 한채 지었습니다 그리움의 나뭇가지를 얽어 벽을 만들고 억새 같은 쓸쓸함으로 지붕을 덮었습니다 하늘을 오려 붙일 작은 창을 내고 헝클어진 바람을 모아 섬돌로 두었습니다 그대 언제든 오시라고 봄을 입고 꽃을 지폈습니다

천관산 억새

시월이 되면
시월이 되면

천관산 억새는 날개를 편다

너무 아름다운 날개를 가진 죄로
억새는
억새는

지상에서 발을 떼지 못하는
벌을 받았다

제 2 부

미래를 추억하는 방법

공기의 명랑함은 어디에서 비롯되었을까요?

꽃향기가 개울을 이룬 것을 본 적이 있습니다 나의 바닥에 등꽃이 핀 저녁이었습니다 당신의 발가락은 꽃잎 끝처럼 순했습니다 향기의 또랑이 가슴속으로 흘러들었습니다

연습하지 않아도 우리는 절망을 치러야 합니다

등꽃의 꽃말을 놓고 우리는 서로의 눈빛을 꼬았습니다 이 별을 짓기 위해서는 더욱 뜨겁게 살아 있음을 사랑해야 한 다고 내가 말했던가요?

당신은 나를 안다고 했지만 나는 점점 돌 냄새처럼 희미 해졌습니다

등꽃 향기는 낙지발처럼 구체적이라고
꽃의 향기가 몸에 빨판처럼 달라붙는다고
서로의 향기를 붙여보았던 저녁이었습니다

어떤 향기는 별들이 뛰어노는 하늘 언덕으로 몰려갔습
니다

손톱

자유에 대해 말한다면 손톱만큼 치열한 경우도 없다 나에게 처음으로 죽음을 가르쳐준 그것은 바다를 향해 나아가는 뱃머리 같은 것

수평선 너머로 사라진 배의 행방을 알 수 없듯 나는 잘려나간 손톱이 간 곳을 모른다

한때는 호미날이 되어 풀을 매고 아이의 손가락에 박힌 가시를 뽑아주기도 하였다 항상 몸통보다 먼저 가서 더러움과 치욕을 견디고 꽃의 속 그 깊은 곳의 부드러움과 뜨거움을 내게 알려주었던 전위의 촉수

붉은 피가 흐르는 펜촉을 나는 가지고 있었던 것이다 몇 번이고 바위를 쪼는 독수리의 부리처럼 깨어지고 잘리어도 다시 돋는 신생의 힘

뿌리를 벗어나려 한번도 쉬지 않았던 그가 달을 품고 있었으니 그에게도 다만 저를 견디지 못하는 그 무엇이 있어

손톱은 날고 싶었다 손톱이었던 기억을 잊고 훨훨 꽃잎처럼 날아서 어딘가로 가려 한 것이다 깎여 떨어지는 짧은 죽음의 순간에야 날개를 얻는 새

열일곱번째의 외로움

　빈 깡통에 고이는 장맛비처럼 외로움은 차고 넘쳤습니다
한 외로움이 오고 금세 다른 외로움이 줄을 지어 옵니다 처
음의 외로움은 무겁고 큰 외투처럼 불편했습니다 나는 해충
피하듯 외로움으로부터 도망 다녔습니다 그럴 때마다 외로
움은 더욱 사나워졌습니다 외로움이 많을수록 외로움은 더
외롭습니다 어떤 외로움은 소리도 없이 다가와 나를 물어뜯
었습니다 오래도록 나는 외로움을 외롭게 하였습니다 외로
움이 외로워하지 않도록 놀아주지 못했습니다 저 혼자 견디
기 힘든 외로움이 나를 찾아온 것이란 생각이 든 것은 열일
곱번째의 외로움이 왔을 때입니다

구름의 망명지

　고향을 적을 수 있다면 당신은 구름의 망명지로 갈 수가 없습니다 구름의 거처에는 주소지가 없으니까요 구름에겐 이력서도 없습니다 기록하는 것은 구름의 일이 아닙니다 구름은 언제든 자기로부터 벗어납니다

　당신은 한번도 당신을 벗어난 적이 없군요

　구름이 되려면 머무르지 마십시오 아무리 아픈 곳, 아무리 아름다운 곳이더라도 지나쳐야 합니다 뜨거움과 차가움도 당신의 이름이 아닙니다 여기가 아니라 저기가 집입니다 주어가 사라진 문장처럼 가벼워져야 합니다

　있다와 하다의 사이를 지나 구름의 망명지로 갑시다 죽은 별이 자신의 궤도를 내려놓는 곳입니다 그곳에서는 당신의 안전이 당신을 해치지 못할 것입니다 공기처럼 당신은 당신을 벗을 수 있습니다 당신에게서 달아난 당신만이 도착할 것입니다

미로의 감정

빗소리에 대해 좋다거나 나쁘다고 말하는 건 위험합니다
좋다와 나쁘다의 사이에 벽을 치는 건 무서운 일입니다 좋
다와 나쁘다의 손을 잡게 하는 게 시의 길이어서
　여기에서 미로는 발생합니다

빗방울이 투명하다고 믿는 건 맹신입니다
　다만 빗소리를 들으며 빗방울의 체온을 염려합니다 먼 데
서 온 빗방울의 발뒤꿈치엔 갈라진 데가 많을 것입니다

소리를 내며 삶을 마감하는 빗방울에게도 유언이 있을까요
　빗방울 떨어지는 소리는 빗방울 소리가 아닙니다 빗빗빗
빗금을 그으며 내리는 빗소리도 온전히 빗방울만의 것이 아
닙니다 탈출구 없는 길은 외롭습니다

막다른 곳에 이른 미로의 감정을 생각합니다 나뭇잎이나
양철지붕이 아프지 않게 한없이 물러졌을 빗방울의 마음을
헤아립니다

다시 회진(會津)에서

　나는 그대를 미워하는 방법만 궁리하는 사람처럼 뾰쪽하게 서 있습니다 보도블록 틈새의 민들레처럼 바람을 읽는 날이 많습니다 사랑이라 믿었던 것을 다 지워도 남은 사랑이 있을까요 내 안에는 이슬로 맺히기 전의 습기처럼 많은 말들이 있습니다 전봇대에 기댄 부러진 우산대처럼 나는 우두커니 고요합니다 오래도록 한곳에서 노을을 받아 읽는 돌담 틈의 병 조각처럼 반짝이는 시간이 아직은 남았습니다

슬픔의 뒤축

슬픔은 구두 같습니다 어떤 슬픔은 뒤축이 떨어질 듯 오래되어서 달가닥거리는 소리가 납니다 참 오래 함께했던 슬픔입니다 너무 낡은 슬픔은 몸의 일부인 듯 붙어 있습니다 슬픔은 진즉 나를 버리려 했을 것이지만 나는 슬픔이 없는 게 두렵습니다 이미 있는 슬픔도 다하지 않았는데 새 슬픔을 장만합니다

새로운 슬픔은 나를 쓰라리게 합니다만 슬픔을 버릴 생각을 하지 못하고 슬픔에 익숙해지려 합니다 남의 슬픔을 가져다 쓰는 경우도 있지만 잠깐 빌릴 뿐입니다

어떤 예방

예방접종 하러 왔다가 구순의 할머니 두분이 만났습니다

자네를 여그서 봉께 차말로 반갑네
보고 잪어서 한번 갈라고 맘묵어도 그것이 안 되드란 말
이시
징하게 좋게 지냈는디 여그서 보네 소식은 들었네만 봉께
는 눈물이 나네

서로의 이승을 조심스럽게 찾아온 예방(禮訪)은
미리 허리가 구부러져 있습니다

손이 왜 이라고 차당가
수술한 디는 인자 괜찮항가

할머니들의 대화에서는 화자와 청자가 지워졌습니다
서로의 가슴속에 든 말이 같아서 입을 연 사람과 귀를 연
사람의 구분이 없습니다 귀로 말하고 입으로 듣는지도 모릅
니다

한마을에서 칠십년을 이웃하고 살았답니다 이 집 밥그릇
이 저 집으로 넘어가 저 집 새끼를 이 집에서 키웠으니 이 집
과 저 집 사이의 담장은 퍽이나 낮았겠습니다 그중 한분이
자식들 따라 읍내로 이사하는 바람에 못 보고 지낸 지가 삼
년이 되었습니다 읍내까지는 십리 지팡이가 다니기에는 너
무 먼 거리입니다

　울컥 솟는 눈물이 무엇 때문인지는 몰라도 두 사람의 눈
시울이 붉어졌습니다

　이라다 볼때기가 딸기 되겠네이 자네가 딸기를 참 좋아하
긴 했는디……
　나 모냐 갈라네 또 언제 볼랑가 몰르제만 건강하니 잘 지
내소
　인자 저승에서나 만날랑가 몰겄네이잉

　먼저 일어나 걸음을 옮기지만
　몸도 마음도 묶인 듯 동무를 향해 있습니다

아주 오래된 우정이 마른 나뭇가지 같은 서로를 위로합
니다

뒤집어진 공터에 대한 보고서

　타일 조각에서 누군가의 체온을 읽어내는 건 학자적 양심과 관련이 없습니다 인내심이 많은 발굴자는 마침내 냉정한 결론에 도달합니다

　'그들은 처음부터 폐허를 지었다 폐허의 사랑을 짓고 소모되는 감정으로 치장했다'

　쓰레기들은 유물이 되는 연습을 하는 중일까요? 공터의 주인은 공터에 발을 딛지 않습니다 공터를 오물 더미로 여기며 접근하지 않는 게 그가 공터를 사랑하는 방식입니다

　정돈은 울타리를 봉쇄한 채 독재합니다
　생명이 자랄 수 없는 땅일수록 가치가 올라갑니다 영원이 되지 못한 사람들은 떠났거나 죽었습니다

　첨부
　1. 구부러진 철판은 땅과 붙어 있지만 밀착하는 데는 오래 걸립니다 녹슬어 망가질 때가 되면 흙으로 귀순할 것입니다

2. 플라스틱은 충고를 받아들이는 데 서툽니다 신이 조언
   을 해도 믿지 않을 것입니다

3. 타일 조각과 흙은 서로의 먹이가 될 수 없으므로 안전합
   니다 안전에 병들었다는 것을 자각하는 건 어렵습니다

골목의 후회

길이 먼저 생기고 길마다 달팽이 알 같은 집들이 자랍니다 골목은 도시를 이해하는 걸 포기합니다 어떻게 해서라도 복지 사각지대의 독거노인을 찾아내는 사회복지사처럼 골목은 미세한 손길을 뻗었습니다

작은 골목이 모여 강물처럼 큰길이 되는 것이라고 믿었습니다 필요를 치우고 충분이 앞장서자 골목은 후회하기 시작했습니다

중앙에는 안경점, 화장품 숍, 핸드폰 가게, 식당이 들어섰습니다
그들에게는 직접이 거세되었다는 공통점이 있습니다

집은 없습니다

끝까지 집을 물고 있는 골목은 성장하지 않기로 합니다
대로의 군자들은 모두 마스크를 쓰고 장갑을 낀 모습입니다

나는 당신의 살을 만지고
당신의 맨발이 내 몸에 닿길 바랍니다

골목은 외치지만 골목의 목소리에는 이끼가 낍니다 도시
는 몸통만 남은 문어처럼 무기력해져갑니다 죽은 골목은 문
어발처럼 말라갑니다

포장술의 발달

자기 생의 자랑을 과거에서 찾는 당신은 절망한 자입니다
알맹이가 없이 버려진 통조림 깡통입니다

당신의 말은 폐수처럼 쉴 새 없이 쏟아져 나오지만 강이
되지 못합니다

놀랍습니다 당신의 눈은 빛나고 포장지처럼
위증하는 범죄자처럼 감추고 뒤집어
실패의 원인을 끝내 남의 탓에서 찾아냅니다

어쩔 수 없었어
당신은 변명의 포장술을 연구하고 있어요 어떤 부패도 싱
싱해 보이게 만드는 기술이지요

그러므로 당신에게 비애의 목차를 선물하겠습니다

당신은 또 썩은 빵 조각을 으깨어 새로운
반죽을 하시는군요

당신은 좌절을 포기하지 않는 중입니다

우는 남자는 구입한 슬픔에 만족하려 합니다

한 정서에 오래 매달려 있는 사람에게서는 오랫동안 옷을 갈아입지 않은 것 같은 냄새가 납니다 슬픔이건 기쁨이건 갈아입어야 합니다

몇달 동안 고독을 입고 있는 남자를 만난 적이 있습니다 그의 쓸쓸함에서는 퀴퀴한 냄새가 났습니다

아침에 옷을 고르듯 오늘 입을 기분을 골라야 합니다 속에는 아무래도 부드러운 호감이나 공감을 걸치는 게 좋을 것입니다 우울을 입어도 좋습니다만 날마다 입지는 마십시오

외로움의 모퉁이에서
슬픔을 신고 우는 남자는 구입한 슬픔에 만족하려 합니다

몇가지 주의 사항이 있습니다
대개의 행복은 복고풍이고 괴로움은 지나치게 유행을 탑니다
오만의 속옷은 감추어도 드러나며 비굴의 외투는 몸을 옥죄어 숨통으로 파고들 것입니다

날씨가 추울 때는 밖으로 나다니는 마음을 불러들일 필요가 있습니다 자기에게 꼭 맞는 온정의 내의를 입는 것도 좋습니다

가끔은 명랑의 손수건도 나쁘지 않겠군요 근엄의 넥타이를 매셨다면 넥타이의 무게에 무너지지는 마십시오

감정은 껍질일 뿐입니다 트럭을 입고 다닐 수는 없지요 가벼운 기쁨이나 배려의 마음은 언제든 어울리지요

쾌활을 입으시겠습니까? 혹은 비가 오는 오후의 쓸쓸함은 어떨까요?

공원을 믿지 마세요

당신이 아침에 일어나면서 닭처럼 울지 않아서 다행입니
다 나무를 심고 물을 주고 절망을 주고 시간이 멈추지 않으면

공원에 갈 것입니다

바깥만 들여다보는 습관을 지우고
창이 되는 연습

나는 투명했는데 어느 순간에 이렇게
거울의 뒷면처럼 검어졌을까요

거울이 된 창은 맞은편 건물을 일그러뜨리는 기술을 가지
고 있습니다 당신은 눈이 멀쩡해서 더욱 자기를 보려 하지
않습니다 나는 당신을
혁명하지 않을 것입니다
사랑스러운 나의 혁명군은 용병이 아니거든요
친절한 암세포가 되지 않기 위해서

미안하지 않습니다

공원은 도시에 인격을 부여하는 방식입니다 공원이 아니라면 자기를 증명하지 않아도 되는 곳으로 갈 방법이 없습니다 공원에서는 일기를 쓰지 않겠습니다

길은 공원을 부위별 돼지고기처럼 토막 냅니다
당신은 붓처럼 머리칼을 날리며
하늘 바닥에 낙서를 해댑니다

꽃향기가 터진 물꼬처럼 쏟아진다고 말하는 순간이
당신의 입술에서 사라지고 있습니다

싱싱한 폐허

　이곳은 깨끗합니다 오래전에 버린 약병도 무사합니다 깨진 장독은 이따금 하늘을 담아냅니다 삽자루는 잘 썩었고 벌레들의 양식 창고로 용도가 변경되었습니다 삽날에 거점을 정한 녹은 영역을 더욱 넓혀갑니다 곤충과 풀 들은 자유롭고 떠돌던 고양이는 돌아왔습니다 쥐와 뱀 들은 건강합니다 안심하십시오 당신의 집이 아닌 순간부터 폐허는 더욱 싱싱해졌습니다

제 3 부

에서의 산책

당신을 볼 수 없을 때는 바람의 줄기를 헤아립니다
국숫발처럼 쏟아지는 바람 중 어느 한 줄기는 당신과 이어져 있을 것입니다 햇살이 내 살을 만질 때면 어떤 기적이 왔다는 것을 압니다
당신의 작은 미동이 내게 전달된 것이겠지요

꽃을 보기 위해 세수를 합니다
신앙이 아니어도 아름다움에 대한 예의는 필요합니다
물의 살로 마음을 씻으며 나는 준비합니다 나는 꽃에게 가장 좋은 살을 보일 것입니다

당신 앞에 선 듯 꽃 앞에 선 나는 몇가지 표정을 지어 보입니다
거짓말을 할 수는 있지만 살의 말을 숨기기는 어렵습니다
살의 떨림과 살의 향기를 그대로 노출합니다

당신이 살로 왔을 때 꽃으로 반응하던 내 살의 떨림을 어떻게 기록할 수 있을까요?

살이 말하고 살이 듣습니다
입술보다 먼저 눈동자보다 빨리 살은 소통합니다

당신이 꽃 피어서 나는 웃습니다

구엄리 사랑바위

구엄리 앞바다 속에 입 맞추는 돌 있지요
가라앉는 서로에게 숨결을 넣어주다
아뿔싸, 돌이 되고 만 천년 전 사랑 있지요

당신의 망설임에서는 살구꽃 향기가 납니다

당신은 말합니다 그러니까 그건…… 망설임에는 수많은 말줄임표가 있습니다 당신이 그러니까,라고 말하는 순간 그러니까 뒤에는 무수한 말줄임표의 눈송이가 쏟아집니다 당신의 이마에도 나의 코끝에도 말줄임표가 달라붙습니다 나는 금방 녹아버리는 말에 머무르려고 조바심이 납니다 당신의 망설임에 자취하고 싶다고 말하려다가 멈춥니다

당신의 입에서는 또 말없음이 쏟아집니다 침묵의 폭설입니다 나는 당신의 망설임에 갇혀 고드름처럼 얼어갑니다 당신의 말은 여백만 새긴 시입니다 풍경을 감춘 말의 뒤편을 그려봅니다 당신의 말에는 색깔이 없고 형태가 없고 맛이 없습니다 닫힌 당신을 열고 싶지만 부서질 것만 같아서 나는 기다립니다

당신의 망설임이 당신을 다 감추지 못할 때면 당신의 망설임에서는 살구꽃 향기가 날 것입니다 아직……이라는 당신의 입술에서 꽃잎이 흩날립니다

당신에게 골목의 오후를 드리겠습니다

당신의 추억은 모서리에 빛을 담고 있나요? 구리선을 휘 듯이 당신 생의 가장 힘든 골목을 구부려본 적이 있나요? 시간을 구부려 꽃을 만들어본 사람은 슬픔으로 케이크를 만들 수도 있답니다 그런 당신에게는 골목 하나를 드리겠습니다

혼자 버려져 있어도 늘 온기를 품고 있는 골목입니다 농협이 있는 큰길에서 한참을 벗어난 곳입니다 굄돌을 감싼 채송화꽃이 어린아이의 웃음처럼 마구 터집니다 오래전에 버려진 깡통도 녹을 품은 채로 평화롭습니다 아이스크림 껍질에도 햇살은 번집니다 노랑 의자 하나 구부러진 담장 옆에 있습니다

당신이 견딜 수 없는 그 무언가로 괴로워할 때 이 골목을 드리겠습니다 지친 당신이 아무것도 원하지 않을 때 이 골목의 오후를 드리겠습니다 어떤 비통이나 어떤 슬픔 사이에 책갈피 꽂듯 이 골목을 꽂아두세요 오래된 책 속의 네잎클로버처럼 문득 이 골목이 보일 것입니다

발을 내디며보세요 손아귀를 벗어난 숭어처럼 이 골목은

펄떡거릴 것입니다

내가 그날 마량에 간 것은

내가 그날 마량에 간 것은 봄바람 따라 봄마중 간 것이 아니었습니다 오래전에 읽었던 책에 꽂힌 마른 나뭇잎처럼 문득 그대가 있다는 것을 알아서도 아닙니다 내가 그날 마량에 간 것은 남풍이 불어오는 땅끝에서 하염없이 밀물이 밀려오는 것을 보다가 울고 싶어서였습니다

마량, 하고 발음하면 어떤 하염없음이 떠오릅니다 떠나기만 하는 배들과 배의 가슴팍에서 부서지는 흰 물결이 있습니다 아득하고 먼 검은 언덕 위에 깨알처럼 앉아 있는 사람이 하나 있습니다

바람에 금방 날릴 것처럼 위태로이 있는 그 사람을 만나러 간 것입니다 그의 어깨를 툭 치며, 이 사람아!

사람을 사람이라 부르고 싶었습니다

방파제가 시작되는 곳, 돌멩이가 무더기 져 있는 그곳에 봄볕처럼 부푸는 마음이 있습니다 꽃을 눈물로 흘릴 줄 아는 사람이 있습니다

53쪽 열번째 줄에 있는 사랑 제조법

뚜껑이 열려서 화가 나는 게 아니라
화로 가득 차 있어서 화가
삐져나왔을 뿐이야

탓이라는 말과
덕분이라는 말의 거리를 생각했어

시간이 필요해

뚜껑이 열리면
말랑말랑한 사랑이 나오도록
화 따위는 군불로 삼을 거야

문득 호랑에서 열두마리의 하이에나가 나와도
방목 중이려니 생각해줘

지글지글 화를
더 화나게 끓일 거야
대추를 삶듯

생겨나는 화를 불쏘시개 삼고
타는 불 속에 하나씩 하나씩
화를 집어넣어야지

가끔은 미움이나
축축한 슬픔도
그 불길 속에 던져야지

나는 지금 화를 태워 사랑을
끓이는 중이야

쓰레기 소각하듯
질투나 집착 같은 것도
불덩이 속에 던져야지

나는 지금 사랑을 제조하는 중이야
시커먼 흙으로 꽃을 빚듯

친절 한 스푼
평화 두 스푼

괄호 열고
욕망 열 스푼, 질투 일곱 스푼
얼른 괄호 닫고

따라 해봐

화를 태워 사랑을 지을 수 있다니까

다정에 감염되다

다정에게는 내가 나를 어쩌지 못하게 하는 힘이 있습니다 병아리 털처럼 순하고 병아리 눈동자처럼 동그랗습니다 다정은 손을 내밀고 다정을 담은 그릇에는 모서리가 없습니다 다정에는 가시가 많습니다만 너무 많은 가시에서는 가시를 느낄 수 없습니다

언뜻 본 다정은 안경닭이 같습니다 어떤 다정은 너무 커서 다정의 날카로운 발톱이 흙 언덕으로 보입니다 여력이 있다면 한평의 땅을 사는 것보다는 다정을 구입하는 게 낫습니다 다정은 소모되지 않고 늘릴 수 있으니까요

주의 사항은 있습니다
유통기한은 없습니다만 쉽게 흘릴 수 있습니다 다정을 과자 봉지에 넣는 방법을 개발할 수 있다면 놀라울 것입니다 한봉지의 다정을 담아 건네면서 달의 이마라고 말할 수도 있겠지요

나는 다정에서 벗어날 수 없습니다 중독은 아니고요 감염된 건 분명합니다

내게는 갓 낳은 달걀 같은 다정이 또 생겼습니다 사랑하지 않고는 견딜 수 없는 병의 씨앗입니다 여전히 남아 있는 다정을 당신께 드립니다

　당신의 다정이 싹틀 때가 오면 풀잎들처럼 나란히 앉아 봄을 낭비합시다

바람을 입었던 오후가 있었다

당신은 사랑을 안치고 내 이마에 손을 얹었습니다

어떤 수위는 감정의 기화점을 예상합니다
잣죽을 데우고 뜨거운 물수건으로 몸을 닦아주는 것만으
로도
당신은 내가 준비한 사랑과 같아졌습니다

당신의 손을 만지는 물소리가 좋았습니다
당신의 몸을 드나드는 공기가 부러웠습니다
어떤 음악도 당신의 숨소리보다 아름답지 않아서
나는 내 호흡마저 꺼버리고 싶었습니다

당신이 내 곁에 머무는 동안을 포장하는 건 어려운 일입
니다

스쳐 지나기만 했던 바람인데
어떤 바람은 옷처럼
내 몸에 꼭 맞는 경우가 있습니다

그리움의 공장은 휴무가 없습니다

그대를 사랑한다고 하기 전에 그대가 생각난 적이 있다고
하겠습니다 흙 속에서 봄싹이 오르듯 그대는 불쑥 자라납니
다 없었는데 없다고 믿었는데 티눈처럼 풋내도 없이 그대는
나타납니다 하루에 일곱번은 나타납니다

그대를 몇번이나 떠올리는지 헤아리다가 멈추었습니다
세다보니 계속해서 그대만 떠올랐습니다 마치 밤의 어둠처
럼 물러설 기미가 없이 그대가 있었습니다 그대를 떠올리지
않으려 해도 그대가 있어서 나는 마음속 그대를 추방할 수
가 없었습니다

까맣게 잊고 다른 일을 하다가
그대가 몇번이나 떠올랐는지 세어보면 일곱번이나 여덟
번 혹은
서른번쯤 마음에 도장 찍듯 그대 얼굴이
스쳐 지나갔다는 것을 압니다

마음에도 프린터가 있었으면 좋겠습니다
화면에 그대가 스칠 때마다 인쇄가 된다면

하루에 몇번이나 그대를 생각하는지 알 수 있을 것입니다
아마도
아마도

그대 얼굴 새겨진 종이가 키를 넘길 것입니다
그대를 생각하지 않는 순간이 몇번인지를 세는 게 나을지
도 모릅니다

까맣게 잊기 위해 그대를 생각합니다
생각할 때마다 그대 얼굴은 더 선명해집니다

복사한 것도 아닌데
뽑아내도
뽑아내도 더욱 그대가 남은 것을 보니
내 안에 무수히 많은 그대가 압축되어 있음에 틀림없습
니다

누가 이토록 많은 그대를 생산하는 걸까요
그리움의 공장은 휴무가 없습니다

아껴서

아껴서

일곱번만 생각하려 하겠습니다마는

일곱번은 생각하지 않는 순간이 분명히 있기는 했습니다

당신의 골목

오래된 골목은 살아 있습니다 꿈틀거리고 쉬지 않고 자라납니다 모방할 수는 있지만 재생할 수는 없습니다 어떤 기하학을 동원하더라도 설계도를 그리는 것조차 불가능합니다 더군다나 골목에 묻어 있는 손때나 숨결 같은 것은 과학수사를 하더라도 밝혀낼 수 없습니다

아직 아무도 가보지 않은 오래된 골목이 내게는 있습니다 풍경을 체포한 나는 오히려 풍경에 갇힙니다

여기 이곳인 골목을
쉽게 당신이라고 명명하지는 않겠습니다

골목에 눈이 내리고 가로등 불빛이 제 발등을 쫍니다 버려진 음료수 뚜껑 하나에도 그냥은 없습니다 당신이라는, 이 오래된 골목에서

나는 기꺼이 아포페니아의 신도가 되어갑니다 당신의 속삭임 같은 돌멩이를 만지작거리면 슬픔의 출처를 알 수도 있겠습니다

내 입술에게는 당신의 입술에게 할 말이 있습니다

내 입술에게는 당신의 입술에게 할 말이 있습니다 아주 오래전부터 준비한 돌멩이 같은 말이 있습니다 내가 태어났을 때부터 아니 그보다 조금 전인 46억년이나 137억년 전부터 내 입술은 말하려 했습니다

내 입술에는 말이 있습니다만 당신의 입술에는 말이 없어서 마려운 나는 안절부절못합니다

내 입술에게는 당신의 입술에게 건넬 말이 있습니다 당신 쪽으로 기울어지는 온도가 있습니다 당신의 계절에 마구 꽃이 피거든 내 입술이 건넨 최초의 봄이라 여겨도 좋겠습니다

개울을 건너자 옥수수밭이 나왔습니다

옥수수밭을 지나자 은행나무가 나타났습니다 당신은 이마를 햇살처럼 찡그리며 코를 만졌지요 구린 냄새가 당신을 함부로 만진 것만 같아서 나도 인상을 썼습니다 냄새를 엿처럼 부러뜨릴 수 있다면 조마니에 넣고 다닐 것인데

……그러다가 문득 꺼내면 당신이 움직일 것이란 생각이 들었습니다

냄새는 돌 그늘보다 은밀합니다 나는 당신이 다칠까봐 쇠똥구리의 공처럼 굴렸던 마음을 툭 하고 당신에게 던졌습니다 냄새로라도 당신을 가둘 수 있다면 좋겠어요 당신은 튀밥처럼 까르르 웃었습니다 터져버린 저수지 둑처럼 마음이 무너져 내립니다

찰나

천년에 한번 내려온 선녀의 옷깃에 설악산 울산바위가 다
녹아내리는 시간을 일 겁이라 한다고 하였습니다

그럴 때에 선녀의 옷자락은 달빛 같았을 것인데 그 달빛,
수천만개의 부스러기 중 하나가 먹색이라 하였습니다

그 검은빛이 뭉쳐 먹이 되고 그 먹이 풀려 비로소 사랑이
라는 글자가 써진다 하였습니다

오늘 밤 창호지를 넘어온 달빛에서 먹색 조각을 다 찾아
먹으로 뭉치고 그 먹을 우려 글자 하나 남기는 게 사랑일 것
인데 그대여

묵은 달빛에서 걸러 온 조각을 잇고 오늘의 달빛을 고이
받아 사랑이라는 말을 짓겠습니까

그렇게 몇 겁을 울어야 우리의 눈물이 검게 쓰일 것입니다

사랑의 그늘이 비로소 몸을 얻는 순간입니다

놀랍구나 너의 얼굴은

놀랍구나 너의 얼굴은
어떻게 동그란 두 눈으로 세상을 다 보며
어떻게 조그마한 콧구멍으로 향기를 맡을 수 있단 말인가

놀랍구나 너의 입술은
어떻게 열고 닫는 것만으로 즐거운 목소리가 나오며
어떻게 작은 속삭임으로 마음을 움직일 수 있단 말인가

놀랍구나 너의 미소는
도대체 어떻게 약간의 살결을 흔들어
슬픔과 기쁨과 행복감을 줄 수 있단 말인가

놀랍구나 너의 몸은
고통과 노여움 속에서도 살아 있다는 기적을 만들며
지금 여기에 있다는 것만으로도 축복일 수 있단 말인가

놀랍구나 너는
너만으로도 충만이면서
사랑으로 넘치고 있으니

놀랍고 고맙다 나의 사랑아
절대의 아름다움이여
내 우주의 중심이여

나는 당신을 빨강합니다

　나는 당신에게 할 말이 있습니다 오직 당신에게 해야 할
말이 있습니다 오래전부터 키워온 말입니다 아직은 익지 않
았습니다 내가 할 말은 세상에 없는 첫 향기일 것입니다 어
떤 냄새와도 다른 것입니다 눈에 보이는 마음입니다

　비슷한 말이 있기는 합니다만 껍질만 닮았습니다 보고 싶
다는 말이나 사랑한다는 말은 저온 창고의 과일들처럼 이
미 죽은 말입니다 나는 당신께 살아 있는 말을 건네러 왔습
니다 나는 처음을 꺼냅니다 나는 당신을 빨강합니다 이토록
싱싱한 나의 빨강을 당신께 드립니다

제 4 부

바람의 건축술

겨울 매화나무는 생활에 실패한 늙은 사내의 등짝 같습니다 가지는 그 사내의 손가락처럼 거칩니다 달아나는 말발굽 소리로 지은 몸일 것입니다 바람은 또 황량함을 완벽하게 건축합니다 이마에 별을 안치고 허공을 바라보는 눈빛을 읽는 밤입니다

사내라는 말에서는 막 베인 억새풀 냄새가 나고 그에게는 구시에 함부로 퍼 담은 말죽 같은 슬픔이 있습니다 금 간 유리 같은 발바닥에 편자라도 박아야 할까요 지난날을 아무리 복기해보아도 다가올 실패를 막을 수는 없습니다 부레가 없는 상어처럼 오직 나아갈 수밖에 없어서 중력을 벗으려 합니다

미리 폐허를 지어놓고 빈자리가 있으면 꽃을 새기겠습니다 자기 안의 오지에 가보지 못한 나무 한그루 오래도록 서 있습니다

슬픈 악기

노래방에 가서건 결혼식에 가서건
노래를 하려고 보면 꼭 생각나는 건
서러운 곡조뿐이네

기쁨을 말해야 하는데
신나는 노래도 많은데

몸속 어디에
슬픔의 청이 숨어 있나

나는 당신의 내용에 포함되지 않습니다

쓰기는 하였으나 어느 작품에도 끼지 못하는 문장처럼 나
는 밀립니다 꽃을 위해 푸르기만 했던 잎처럼 속절없습니다

장마철 빈집 거실에 놓인 마른 화분처럼
꽂아둔 소설책의 서지 정보처럼
버려지는 편지 봉투처럼

놓여 있습니다

나는 당신의 내용에 포함되지 않습니다

이렇게 될 줄은 몰랐어

잘려나간 도마뱀의 꼬리는 자라서 뱀이 되지 않습니다

그 골목에서
가장 자주 들었던 말은
빌어먹을 놈이라는
예언이었습니다

시멘트 벽에
문을 만들지 못해서
발자국을 남기는 기술만 익혔습니다

발차기를 할수록 하늘은 높아졌지요
문득 벗겨진 운동화가 전봇대에 걸렸을 때
새가 되고 싶었습니다
겨드랑이 밑에 날개가 돋아도
땅바닥에 버려진 음식 찌꺼기에는
입을 대지 않겠습니다

대부분의 저주는

자기를 향해 돌아오고

마스크를 쓴 채 나는
골목의 주인이 되기 위해 배회했습니다

그러려고 한 일을 후회한 척하는 건
연습이 필요합니다

이렇게 될 줄은 몰랐다는 말은
몸체에서 떨어져 나간 도마뱀의 꼬리 같습니다

파닥이다가 바람이 될 것입니다

이럴 줄은 몰랐는데 누군가는 손가락을 잃고
또 누군가는 터진 고추장 봉지 같은
표정을 배워야 합니다

가진 게 너무 많아 쏟아버리고 싶어서
사랑의 말을 구하러 다녔습니다

이렇게 될 줄은 몰랐어
미안해

골목의 입술에 꽃잎 같은 녹이 번집니다

흐느낌이 소멸로 가고 있어서 다행입니다

흐느낌이 소멸로 가는 길에 놓여 있지 않았다면 공포였을
것입니다 그것은 떨어진 빗방울이 처마 밑을 궁금해하다가
미끄러질 때의 아쉬움 같은 것

그 골목의 특산품은 빙판이었습니다

휘어진 길모퉁이 녹슬어가는 철문처럼 그녀는
소리를 내었습니다 그 여자는 날마다 울었을지 모르지만
나는 그날 밤에 그 흐느낌을 발견했습니다
그건 마치 오래된 대밭을 뒤집었을 때 나오는
치약 껍질, 병 조각, 기왓장, 때 묻고 찢어진 비닐 조각
지금은 생산되지 않는 과자 봉지 들 사이에 끼인
화장품 병 같은 것이었습니다

흐느낌이 물질이란 것을 알게 되었습니다

가난해지기 위해 자기의 과거에
어쩔 수 없었다를 갖다 붙이는 사람의 미래처럼
캄캄한 창 앞에 무릎을 꿇지 않으려 안간힘을 쓰는

터지기 직전의 폭탄처럼 차가운

그리움의 탈색 현상에 대한 연구

내가 아는 한 최고의 염색 기술자는 곡성에 사는 정옥기
선생이지만
탈색 기술에 대해서라면 그리움을 이길 자가 없습니다

흐려지면서 또렷해지고
지워지면서 선명해지는 기술

잊었다고 생각했는데 다시 살아나는 체온이 있습니다
여전히 느껴지는 것 같은 섬찟함

추억에 물방울이 번지면서 몰래 뭉클해지는 오후가 있습
니다

이봐!라고 부르면
오십년 후쯤에 응답할 것만 같은 풍경에 대해서는
대답을 회피하겠습니다

물을 뿌리면 돋아나는 레몬 글씨처럼

별의 뿌리에서는 물 냄새가 난다고
부치지 않을 편지를 쓰는 봄밤입니다

버려짐을 찬양함

네가 흘린 머리카락 한올을 책갈피에 끼워놓고
며칠을 보낸다 책을 펼 때마다 음악이 켜지듯
네가 재생되었으면 좋겠는데

좋겠는데
마음 그늘에 쥐애기들처럼 그리움이 꿈틀거린다

네가 지나갔던 골목길을
하루에도 스무번씩은 휘저으며 공기 중에 남아 있을 너의
흔적이
내 몸을 점염시키길

바라는 것 버려진다는 건 좋은 거야
그래도 한번은 쥐어졌던 것이니까

지는 꽃처럼 훌쩍 사라져간 뒷모습이
생각난다 눈물 나게

고마워

너는 마지막까지 따뜻하게
나를 구겨주는구나

투명한 대지

예전엔 대지가 투명했어요 누구의 이름도 낙서되어 있지
않았죠 아무 풍경이나 대지를 누릴 수 있었습니다 말뚝도
없었고요 소유권 같은 것도 없었어요 좌표 같은 것은 찍을
필요도 없었죠 기준이 생기면서 대지는 갈라졌어요 지진 난
땅덩이처럼 금이 간 세계는 영토가 되었습니다

투명한 대지 위에 파리똥 같은 얼굴이 묻었어요 한 사람
이 손을 번쩍 들고 기준! 하고 소리 질렀죠 점이 찍힌 거죠
그러자 자석에 달라붙는 쇳가루처럼 사람들이 줄을 섰어요
떨어지는 건 위험해요

예전엔 대지가 투명했어요 갇히지 않는 대지에서 인간은
자유로웠죠 새들이 하늘을 풀어놓고 날아가는 것처럼 인간
은 투명한 대지에 머물다가 갔죠 그때는 대지를 어머니라
불렀어요 언제든 달려가 안길 수 있었으니까요 땅에 입 맞
추며 젖을 빠는 기쁨을 만끽할 수 있었죠

어머니는 가질 수 없는데 우리는 이름을 새기려 했죠
창의 얼룩처럼 대지는 더럽혀졌어요

이 두꺼운 책의 마지막 페이지에 누가 낙서한 거지?

고개를 처박은 인간은 할 수 없이 신을 창조했습니다 이
유는 단 하나예요 더러워진 대지를 청소할 수 없었거든요
걱정 마세요 우리는 계속 나빠질 것이고 백신을 만들듯 인
간은 또 신을 만들 것입니다

정취암에서

간짓대 끝 잠자리처럼
절벽 위에 마음 한채 지었습니다

먼지 몇톨 모이기도
좁은 터라서
더러움이 쌓이기는 힘들 것입니다

산이마에 눈썹처럼
지붕도 올렸습니다

빈 곳에는 참꽃이 피고
정수리 같은 너럭바위에
햇살도 쉬다 갑니다

꽃에게 별에게
자리 다 내주고도
들숨 날숨 오갈 길은
남아 있습니다

……묻거든
어제까지는 전생이므로
되돌아갈 길은 끊겼다고 할 것입니다

없으므로
서둘러 사라지지 않을 것이니
젖은 마음 있으면
널어두셔도 됩니다

에서의 거리

나는 꽃을 주었지만 그대가 받는 것은 가시일 수도 있습니다 나는 온기를 주었지만 그대는 얼음을 받을 수도 있습니다 내가 귀하게 여기는 소중한 것을 주었더라도 그대에게는 그것이 쓰레기일 수도 있습니다 마음의 거리는 변질을 부릅니다

여기에서 혹은 저기에서라는 말에는 독재가 있습니다 에서의 주인을 버립니다 그대와 나 사이에 있는 거리를 싹둑 잘라서 담습니다 에서의 거리마저 지우고 그대 앞에 나를 놓습니다

이제는 그리움에도 장갑이 필요합니다

헤어지자는 말도 없이 간 후 다시 오지 않았던 그대의 뒷
모습은 생각나지 않습니다 바다를 한쪽에 낀 채 걸어갔던
한 여자가 있었지요,라고 적어놓은 내 문장 사이에서 파도
가 일어납니다 라면발 같은 파도, 바닥에 엎어진 그릇에서
흘러나와 천천히 불어가던 파도처럼 그대의 뒷모습도 점점
물에 불어갑니다

라면보다는 파스타가 낫겠다 하였지요 커피 먼저 달라던
그대에게 봉지 커피를 타 주었지요 끓는 납처럼 주고받은
말에는 거품이 많았습니다 노을이 커피색으로 변해갈 무렵
그대의 표정은 납판처럼 굳어 있었지요 나는 그대의 웃음을
인쇄하는 걸 포기했습니다

기억에 남아 있지 않는 그대의 감정들을 생각합니다 도드
라지지 못한 활판의 음각 그늘처럼 보지 못했던 얼굴이 분
명 있었을 것입니다 느끼지 못했던 그대의 슬픔은 여전히
미지입니다 얼음처럼 굳어 있던 시간에 손을 내밀었다가 문
득 뎁니다 이제는 그리움에도 장갑이 필요합니다

뱀

다른 사람은 모르겠지만 내 발바닥은 그냥 보통의 발바닥이 아닙니다 처음에는 혀였던 것이 그대에게 가는 길을 보고부터 발바닥이 되었습니다

정말이지 다른 사람은 어떤지 모르겠지만 내 손끝에는 심장이 있습니다 그대가 내 손끝을 만지는 순간에 나의 심장은 가슴에서 손끝으로 이사를 했습니다

주린 그리움이 나를 삼킬 때 나는 제 몸을 다 먹어치운 뱀처럼 해처럼 머리만 남아 타오르고 있을 것입니다

바스키아의 편지

검은 눈이 내립니다 나는 눈사람이 되어 거리에 서 있습니다 함부로 그은 선처럼 거리는 어지럽고 축복이라는 말을 만드는 건 어렵습니다 창에 비친 얼굴은 더 어두워졌습니다 창이 창을 사랑하는 것처럼 우리는 서로를 담아봅니다 나는 이별을 고백하고서야 당신을 사랑합니다 검은 눈이 내립니다 눈송이를 모아 당신을 그리지만 온기가 없습니다 체온이 없는 편지를 당신께 부칩니다 이후로도 내내 숙제이길 바랍니다

'그리움'을 탈색하고 환대한다는 것

최현식

'그리움'은 오늘과 내일의 시간을 살아야만 하는 비극적 상실의 감정이다. 이 상실의 감정으로 말미암은 애잔한 슬픔과 아픔을 보란 듯이 넘어서려면 그게 누구든 어제로 돌아가야 한다. 물론 이 감정의 넘어섬은 먼 시절에 "더욱 뜨겁게 살아 있음을 사랑"(「미래를 추억하는 방법」)했음이 입증될 때 비로소 수행의 실마리가 잡힌다. "어떤 향기는 별들이 뛰어노는 하늘 언덕"(같은 시)으로 쏘아졌음이 서둘러 기억되고 '지금-여기'로 어서 소환되어야 하는 이유이다. 그럴 때만이 우리는 그리움을 "이별을 고백하고서야 당신을 사랑"(「바스키아의 편지」)할 수 있는 타자의 예외적인 다가옴으로 간신히 허락받게 된다. 사실 이대흠은 이 어려운 사태를 이전 시집 『당신은 북천에서 온 사람』(창비 2018)에서 은밀하게 고백한 적이 있다. "당신의 이름을 지우려고 문

지른 자리"에 강이 생겼고, "손끝 하나 스쳤을 뿐인데" 숲이 울었으며, "가만가만히 속삭였을 뿐인데" 꽃이 져버린(「사인─탐진 시편 4」, 『당신은 북천에서 온 사람』) 예외적 순간이 그것이다.

이대흠은 새 시집 『코끼리가 쏟아진다』에서 이 시간과 감정의 역전적 순환을 "미래를 추억하는 방법"(「미래를 추억하는 방법」)으로 다시 애틋하게 명명하면서 이 방법을 하나의 명제로 부조(浮彫)해낸다. "흐려지면서 또렷해지고/지워지면서 선명해지는 기술"(「그리움의 탈색 현상에 대한 연구」)이라는 구절이 태어난 연유이다. 이 명제는 '사라짐'이 오히려 '나타남'의 원리이자 문법임을 또렷이 환기한다. 이 역설의 기술을 취한다는 것은 언젠가 잃어버린 '당신'의 목소리와 감춰진 낯빛을 살뜰하게 찾아내는 '환대'의 윤리를 시의 율법으로 삼겠다는 욕망이자 의지이다.

그런데 뜻밖에도 시인은 어떤 시에서 "나는 당신의 내용에 포함되지 않습니다"(「나는 당신의 내용에 포함되지 않습니다」)라고 토로한다. 이는 당혹스럽게도 '당신'을 향한 열띤 그리움과 순정한 만남, 곧 '환대'의 실천이 실패로 끝났음을 고백하는 말처럼 느껴진다. 시인은 그 까닭을 자아가 '당신'인 "꽃을 위해" 속절없이 "푸르기만 했던 잎"(같은 시)에 불과했다는 사실에서 찾았다. 그런데 이 말은 '환대'의 실패를 자인하는 회한의 말에 불과한 것인가. 그렇지 않다는 것은 '당신'을 향한 그리움이 '나'만의 독단적 정서나 자기배

반의 부정적 감정으로 돌변하지 않도록 자신을 경계하고 성찰하는 태도에서 충분히 확인된다. 예컨대 시인은 자기 부재를 확증하기에 앞서 "서둘러 사라지지 않을 것이니/젖은 마음 있으면/넣어두"어도 괜찮다는 사랑과 희생의 "들숨 날숨"(「정취암에서」)을 깊이 호흡하고 있다. 이 내면의 정황이 『코끼리가 쏟아진다』를 일관되게 관통하는 핵심 감각의 하나임은 다음 시에서 여지없이 드러난다.

　　당신의 입에서는 또 말없음이 쏟아집니다 침묵의 폭설입니다 나는 당신의 망설임에 갇혀 고드름처럼 얼어갑니다 당신의 말은 여백만 새긴 시입니다 풍경을 감춘 말의 뒤편을 그려봅니다 당신의 말에는 색깔이 없고 형태가 없고 맛이 없습니다 닫힌 당신을 열고 싶지만 부서질 것만 같아서 나는 기다립니다

　　당신의 망설임이 당신을 다 감추지 못할 때면 당신의 망설임에서는 살구꽃 향기가 날 것입니다 아직……이라는 당신의 입술에서 꽃잎이 흩날립니다
　　　　　──「당신의 망설임에서는 살구꽃 향기가 납니다」 부분

　영원한 사랑과 그리움의 대상인 '당신'은 달콤한 밀어(密語)를 희원하는 '나'에게 침묵과 망설임, 여백만을 들려주는 "말줄임표의 눈송이", 아니 "침묵의 폭설"이다. 그런 까닭에

"당신의 망설임"에서 "살구꽃 향기"가 난다는 '나'의 감각은 허구적일 수밖에 없다. 그러니 시적 화자는 "망설임이 당신을 다 감추지 못할 때"라는 제한적 조건을 붙여둘 수밖에 없었던 것이리라. 이쯤에서 '당신'을 향한 '나'의 소망이 그 어떤 비통과 슬픔도 깨끗하게 가셔낸 황홀한 연애의 기술이라는 믿음을 접어두는 것이 좋을 듯하다. 시인이 감출 수 없는 '당신'의 비통한 실존적 삶의 예로 "생의 가장 힘든 골목"과 "시간을 구부려 꽃을 만들어본 사람"(「당신에게 골목의 오후를 드리겠습니다」)을 지목하고 있기 때문이다.

이는 '나'의 진정한 관심이 '당신'의 좌절과 실패, 그래서 자꾸만 쌓여가는 '말할 수 없는 것'들에 대한 이력과 그에 대한 관찰에 맞춰져 있음을 뜻한다. 이를 감안한다면 "살구꽃 향기"를 흩날리는 타자의 변두리 삶, 곧 '주변성'에 대한 관심은 다음과 같은 지점을 향할 수밖에 없을 듯하다. 사랑하는 '당신'에 대한 맹목적인 복종과 희생을 앞세우기보다 소외된 '당신'을 억압하고 은폐하는 끔찍한 현실에 대한 의혹을 잠시라도 멈추지 않는 행동이 그것이다. 이 지점에 『코끼리가 쏟아진다』가 '당신'을 숱하게 호명하고 예의바른 높임말로 빛나게 짜여 있음에도, 말해지지도 살펴지지도 않는 그늘진 '당신'의 음성과 표정에 대한 연민과 애달픔이 거세게 출렁거리는 까닭이 숨어 있다.

가슴 뛰는 설렘 속에는 이미 괴로움이 발생했습니다 그

림자는 향기를 복사하지 못합니다

—「혈액이 흐르는 외투」부분

　슬픔은 구두 같습니다 어떤 슬픔은 뒤축이 떨어질 듯
오래되어서 달가닥거리는 소리가 납니다

—「슬픔의 뒤축」부분

　오답만으로 채워진 사랑도 가능하리라 믿으며 감정의
좌표를 바라봅니다 (…) 그대를 잃어버렸으나 사랑을 잃
지는 않았습니다

—「감정의 적도를 지나다」부분

　'당신'의 밀봉된 '향기' 저편에는 '당신'과 '나'를 동시에
소외시키는 슬픔과 괴로움과 외로움이 파멸의 열정으로 날
뛰고 있다. 이것들은 간신히 심장을 휘도는 생명의 핏줄을
찢어내고 잘라버리는 매우 폭력적인 죽음의 짝패이다. 늘
"인공조미료" 같은 "똑같은 맛"으로 거짓 "슬픔의 가면"(「슬
픔도 배달되나요」)만을 제조하고 배달하는 '필멸성(必滅性)'
의 감정들인 까닭이다. 따라서 저 소외와 결핍의 감정들이
지배하는 영토는 "생명이 자랄 수 없는 땅"(「뒤집어진 공터에
대한 보고서」)일 수밖에 없다. 과연 시인은 그것들의 본질을
"폐허의 사랑을 짓고 소모되는 감정으로 치장했"(같은 시)던
것에 두면서 '활동적 삶'의 영역에서 아예 배제한다. 폐허와

소모 일색의 시공간은 삶의 기억을 숫제 지워버린다는 점에서 생의 감정과 역사의 솔기를 이끄는 존재의 단단한 '뒤축'을 무참하게 잘라버리는 악무한(惡無限)의 장에 해당한다.

이 때문일까, 이대흠은 머묾 없는 '향기'와 경험 없는 새로운 '슬픔'을 '구름'과 '바람'의 족속으로 기꺼이 등재하기를 마다하지 않는다. 이를테면 '당신'에게 '구름'이 되려면 "아무리 아픈 곳, 아무리 아름다운 곳"이라도 무심히 지나쳐야 하며, "주어가 사라진 문장처럼 가벼워져야"(「구름의 망명지」) 한다고 조언한다. 그럴 때만이 '당신'의 부재가 '당신'의 현존으로 몸을 바꾸는 '망명지'의 황홀한 비밀, 곧 "당신에게서 달아난 당신만이 도착할 것"(같은 시)이라는 절대적인 생명의 환대가 실현된다는 것이다. '바람'과 '구름'의 멈춤 없는 흐름은 '당신'만을 은애하던 '나'에 대한 긍휼한 환대로도 거듭나고 있기에 주체와 타자 서로에 대한 빚이나 교환의 관계를 훌쩍 넘어선다. "당신은 내가 준비한 사랑과 같아졌습니다"나 "어떤 바람은 옷처럼/내 몸에 꼭 맞는 경우가 있습니다"(「바람을 입었던 오후가 있었다」)라는 표현에서 보듯이, '너'와 '나'는 서로에게 "내 안에 무수히 많은 그대가 압축되어"(「그리움의 공장은 휴무가 없습니다」) 있는 복수성(複數性)의 존재로 막힘없이 스며들기에 이른다. 만약 이러한 동일성의 경험이 없었다면 "오답만으로 채워진 사랑"이 가능하다거나 '당신'을 잃었어도 "사랑을 잃지는 않았"(「감정의 적도를 지나다」)다는 역설적 경험은 대체로 불가능했을 것이다.

　내 마음의 언덕에 집 한채 지었습니다 그리움의 나뭇가
지를 얽어 벽을 만들고 억새 같은 쓸쓸함으로 지붕을 덮
었습니다 하늘을 오려 붙일 작은 창을 내고 헝클어진 바
람을 모아 섬돌로 두었습니다 그대 언제든 오시라고 봄을
입고 꽃을 지폈습니다

—「봄을 입고」 전문

　『코끼리가 쏟아진다』에 가장 어울리는 색깔을 고르라면
무엇을 쥐어야 할까. 시인이 말하기를 "있다는 것만으로도
결은 발생"(「그러나를 수신하는 방식」)한다 했으니, 바람과 구
름에는 맑은 하양과 파랑, 괴로움과 슬픔에는 어두운 회색
이나 검정을 칠하면 될 법하다. 그러나 "검정이나 파랑이 아
닌 노랑을 입을래요"(「노랑을 입을래요」)라는 선언에서 보듯
이, 이 시집을 상징하는 색깔은 단연 '노랑'이다. 시인은 "느
낄 수는 있어도 머물지는 못"하는 "감정의 적도"(「감정의 적
도를 지나다」)가 노랑으로 물들어 있었음을, 또 "차가운 당신
의 외딴방에/봄을 켜"기 위해 "노랑을 입을 것"(「노랑을 입
을래요」)임을 공공연히 밝히고 있다. 그러면서 "검정이나 파
랑"은 "나를 함부로 내다 버"(같은 시)릴 것도 같다는 불신과
적의를 숨김없이 드러낸다.
　예시한 「봄을 입고」에는 표면상 채도와 명도가 서로 다

른 '노랑'이 대치한다. "억새 같은 쓸쓸함"으로 덮인 '지붕'
과 "봄을 입고 꽃을 지"핀 '섬돌'이 그것이다. 봄꽃의 도래
를 확신하는 시적 화자의 목소리가 울울하다는 점에서 이
대흠의 자연관이나 생명관이 소월의 「산유화」보다 만해의
「알 수 없어요」에 다가서고 있음이 확연하게 드러나는 대목
이다. 시인은 겉의 색깔이 아니라 계절과 시간의 결에 어울
리는 자연 사물로 노랑을 대체하는 데에도 익숙하다. 이를
테면 "별들이 포말처럼 떠 있던 여름밤이었습니다"(「어란」),
"민들레처럼 바람을 읽는 날이 많습니다"(「다시 회진(會津)에
서」), "옥수수밭을 지나자 은행나무가 나타났습니다"(「개울
을 건너자 옥수수밭이 나왔습니다」) 등이 그렇다. 과감하게 말
하건대, 생의 도약과 삶의 영원을 실행 중인 꽃과 나무, 별과
물결 등에 심미적이고 관념적인 '노랑'을 대담하게 기입하
고 있는 장면이 아닐 수 없다. 날카로운 시심(詩心)의 칼끝
이 인간적 한계에 들린 '당신'을 현실 저편, 영원한 생명의
우주 속에 새겨 넣는 중이라는 평가는 그래서 가능해진다.

　이처럼 『코끼리가 쏟아진다』에서는 생명의 '노랑'이 있어
희미해져가던 '당신'에 대한 그리움, 곧 "사랑의 그늘이 비
로소 몸을 얻는 순간"(「찰나」)이 가능해진다. 만약 '노랑'에
의한 새로운 '몸의 얻음'이라는 '당신'과 '나'의 존재론적
사건이 없었다면 "마음의 호랑에서 코끼리떼가 쏟아"(「마음
의 호랑에서 코끼리떼가 쏟아질 때」)지는 기이한 사태는 불발에
그쳤을 것이다. 그랬을 경우, "나는 당신을 빨강합니다"(「나

는 당신을 빨강합니다」)라는 예기치 않은 감정의 북받침과 그때 얻어지는 '빨강'의 생생한 육체성과 관념성도 현현되지 못했을 것이다. 이 말은 물리적 실체로서 '빨강'이 '심장'과 '사랑'이라는 가치론적 관념으로 변신하고 상징화되는 미적 사태가 발생할 수 없었음을 뜻하는 것이기도 하다.

여기서 더욱 주목할 것은 '노랑'과 '빨강'의 관념화가 심미적 상상력과 표현의 편폭만을 넓히는 예술적 사태로만 귀결되지 않는다는 사실이다. 두 색깔의 결합은 존재와 삶의 어김없는 덫이자 생의 위기를 예외 없이 초래하는 물리적 시간에 대한 새로운 대응과 초월의 가능성을 만들어낸다. 이를테면 "오래도록 한곳에서 노을을 받아 읽는 돌담 틈의 병 조각처럼 반짝이는 시간이 아직은 남았습니다"(「다시 회진에서」)라는 대목이 그렇다. (사실 시 제목에 쓰인 지명 자체도 암시적인데, 이를 풀어 쓰면 '다시 만나거나 모이는 포구' 정도가 될 것이다.) 과연 저 "반짝이는 시간"은 자꾸만 늘어가는 "민들레처럼 바람을 읽는 날"에 "이슬로 맺히기 전의 습기처럼 많은 말들"(같은 시)을 바싹 말리는 과정에서 찾아든 것이다. 그런 뜻에서 "반짝이는 시간"은 매일매일 파편화되고 퇴락해가는 '통속적 시간'에 대한 지혜로운 반성과 예지적 통찰을 이끄는 성스럽고 본래적인 시간에 속한다. 아니나 다를까, 아래 시에는 '당신'의 '본래적 시간'에 접속함으로써 '나'의 '통속적 시간'을 지우고 살아서 빛나는 현재로 도약하려는 마음 씀씀이가 간절하게 드러나 있다.

나는 꽃을 주었지만 그대가 받는 것은 가시일 수도 있습니다 나는 온기를 주었지만 그대는 얼음을 받을 수도 있습니다 내가 귀하게 여기는 소중한 것을 주었더라도 그대에게는 그것이 쓰레기일 수도 있습니다 마음의 거리는 변질을 부릅니다

　여기에서 혹은 저기에서라는 말에는 독재가 있습니다 에서의 주인을 버립니다 그대와 나 사이에 있는 거리를 싹둑 잘라서 답습니다 에서의 거리마저 지우고 그대 앞에 나를 놓습니다

—「에서의 거리」 전문

　'당신'과 '나'의 거리는 둘의 사랑과 그리움에 자기 이익을 앞세운 교환이나 편취의 욕망이 무의식적이든 계산적이든 계속 끼어들 때 더욱 멀어지기 마련이다. 상호적 감정의 순수성이 오염되거나 훼손될 경우 둘의 친밀성은 '꽃'과 '가시', '온기'와 '얼음', '소중한 것'과 '쓰레기'의 관계로 파탄 난다. 이 부정적 사태는 "아름다움에 대한 예의"(「에서의 산책」)를 배반하고 던져버리는 추악한 행위에서 비롯된 것이다. '당신'에 대한 최소한의 예의라도 되찾으려면 왜곡된 사태를 넘어설 방책과 지혜를 찾는 것이 필수적이다. 그렇다면 시인은 어떠한 방식의 시적 예지를 불러들였을까. 해

답은 가장 먼저 '당신'에게 향하는 '입술'(말)과 '눈동자'(시선)보다 맨 나중에 '당신'과 접촉하는 '살'(몸)을 근원적 '소통'의 원리와 방법으로 삼는 것이었다.

이 어려운 과제 앞에 서 있는 시인이 가장 먼저 실천한 일은 '당신'이 가만히 전해준 "파닥이는 꽃"에 열광하지 않고 잠깐이라도 "감정의 국경을 침범하지 않을 방법을 연구"(「마음의 호랑에서 코끼리떼가 쏟아질 때」)하는 것이었다. 꽉 잠겨 있던 '소통'의 자물쇠는 마침내 '나'가 '에서'와 '이다'라고 명명한 독단적 사태의 잘못을 인정하고 수정함으로써 활짝 열리기에 이른다. 시인은 그 해방의 순간을 "이름에 갇힌 죄들을 모두 풀어"내어 "당신의 향기"가 치명적인 "독처럼 퍼"(같은 시)지는 장면에 담아내었다. 충만한 생명의 온전한 구휼, 이것이 '치명적인 독'의 다른 이름임을 「독취(獨醉)」에 숨어 있는 뜻밖의 '명랑'이 극적으로 보여준다.

이승의 국경 너머 다녀온 바람이 내 몸을 빌리려 할 때
내 마지막 호흡 하나는 당신의 손에 쥐여주고 싶습니다
비바람이 몰아쳐 견딜 수 없을 때면 당신과 내가 눈 마주
치며 꽃을 끄고 누워서 개구쟁이가 되어도 좋겠습니다 우
박처럼 별빛이 쏟아지면 채찍 같은 세월을 견디고 싶어서
우리는 명랑을 개발합니다

—「독취」 부분

오랜 비바람을 뚫고 온 뒤 피어나는 우리의 '명랑'은 서로가 알지 못했던, 또는 감춰두었던 "그러나라는 당신, 당신의 그러나"(「그러나를 수신하는 방식」)를 새로이 발견하고 살게 될 때 발생하는 극한의 기쁨이자 감격의 정서이다. 고흐의 「별이 빛나는 밤」에서 이미 경험했지만, 한밤의 우주와 흑색의 자연, 그 앞에 던져진 왜소한 인간들은 "우박처럼 별빛이 쏟아지면" 놀랍도록 휘황한 '노랑'의 소용돌이에 걷잡을 수 없이 휘말려든다. 이 지복의 순간은 "나의 파장과 당신의 파장"(「그러나를 수신하는 방식」)이 극적으로 만나는 찰나에 해당한다. 그렇게 몰아닥친 높디높은 감정의 파고는 "이미 온 감기처럼 내 안의 깊은 곳에 숨어 있는 당신"(같은 시)과 사랑에 달뜨고 그리움에 지친 '나'를 조우시키는 은혜를 잊지 않는다.

겨울 매화나무는 생활에 실패한 늙은 사내의 등짝 같습니다 가지는 그 사내의 손가락처럼 거칩니다 달아나는 말발굽 소리로 지은 몸일 것입니다 바람은 또 황량함을 완벽하게 건축합니다 이마에 별을 안치고 허공을 바라보는 눈빛을 읽는 밤입니다

사내라는 말에서는 막 베인 억새풀 냄새가 나고 그에게는 구시에 함부로 퍼 담은 말죽 같은 슬픔이 있습니다 금간 유리 같은 발바닥에 편자라도 박아야 할까요 지난날을

아무리 복기해보아도 다가올 실패를 막을 수는 없습니다
부레가 없는 상어처럼 오직 나아갈 수밖에 없어서 중력을
벗으려 합니다

—「바람의 건축술」 부분

차다찬 계절을 뚫고 겨울에 피어나는 매화는 옛 선비의
올곧은 기상을 자랑하기 위해, 또 다가올 화려한 봄의 전령
역할을 다하기 위해 고혹한 향기를 점점이 흩뿌린다. 그런
데 왜 시적 화자는 "별의 뿌리"에서 날 것만 같은 "물 냄새"
(「그리움의 탈색 현상에 대한 연구」)로 찬란한 "겨울 매화나무"
를 "생활에 실패한 늙은 사내의 등짝"에 비겼을까. 아마도
그것은 '실패하다' '거칠다' '달아나다' '황량하다' 등의 서
술어에서 보듯이, "겨울 매화"를 제철 아닌 꽃의 고통, 즉 유
한하고 제약 많은 시공간에 던져진 비극적 존재로 먼저 바
라보았기 때문일 것이다. 이 지점에 한때의 '당신'이었을
"생활에 실패한 늙은 사내"와 그 비유물인 "겨울 매화"가 한
나 아렌트의 어떤 통찰처럼 '지금-여기'에서의 일시적 체류
를 넘어 과거와 미래로 자신의 삶을 초월시키기 위해 '전존
재'를 걸어야 하는 까닭이 놓여 있다.
　그러나 삶과 세계의 중압에 짓이겨진 "늙은 사내"와 "겨
울 매화", 그러니까 "부레가 없는 상어"들은 "침묵의 폭설"
에 여전히 파묻혀 있다. 말할 수 없는 자들의 계속적 출현은
"당신의 입술"이나 세상의 '귀'들을 향해 "할 말"은 해야 하

는 "내 입술"(「내 입술에게는 당신의 입술에게 할 말이 있습니다」)을 간절히 호명하도록 한다. 그들 앞에 놓인 "탈출구 없는 길"과 "막다른 곳에 이른 미로의 감정"(「미로의 감정」)에 어떤 안전성과 확고함, 그리고 새로운 가능성을 대신 발화하는 것, 여기에 '나'의 진정한 환대 행위가 자리한다.

'나'가 약속하는 환대 행위는 두가지이다. "미리 폐허를 지어놓고" "꽃을 새기"는 것과 "자기 안의 오지에 가보지 못한 나무 한그루"(「바람의 건축술」)를 그 앞에 세우는 것이다. 물론 두 행위는 '당신'을 향해 있는 미래의 사건이라는 점에서 여전히 '기다림'의 형식이다. 그렇지만 이때의 기다림은 '당신'과 '나'의 만남과 접촉이 실현되는 구체적 시공간을 갖추고 있기 때문에 새로운 '너-나'의 관계를 구성하고 삶의 양식을 마련하는 데 한결 유리한 것이다. 왜 안 그렇겠는가. '당신'에 대한 '나'의 환대는 이제 '그리움'에만 머물지 않고 '다정'으로 확연히 진화하는 중이다. '다정'은 "사랑하지 않고는 견딜 수 없는 병의 씨앗"(「다정에 감염되다」)인바, 그것은 현재 '당신'이 부재한 모든 곳에 이미 뿌려지고 있다.

그런 연유로 어쩌면 '당신'과 '나'는 "풀잎들처럼 나란히 앉아 봄을 낭비"(같은 시)하는 노랗고 빨간 저물녘을 나날의 일상으로 소유하는 '생의 가장 평화로운 골목'으로 곧 귀환하게 될지도 모른다. 이것이 '나'가 '당신'을 향해 타전하고 또 꿈꾸던 이상적 시공간의 요체임은 "서로의 향기를 붙여보았던 저녁"을 "미래를 추억하는 방법"(「미래를 추억하는 방법」)으로 밀어 올리고 있는 장면에서 여지없이 확인된다.

　　이곳은 깨끗합니다 오래전에 버린 약병도 무사합니다
　　깨진 장독은 이따금 하늘을 담아냅니다 삽자루는 잘 썩었
　　고 벌레들의 양식 창고로 용도가 변경되었습니다 삽날에
　　거점을 정한 녹은 영역을 더욱 넓혀갑니다 곤충과 풀 들
　　은 자유롭고 떠돌던 고양이는 돌아왔습니다 쥐와 뱀 들은
　　건강합니다 안심하십시오 당신의 집이 아닌 순간부터 폐
　　허는 더욱 싱싱해졌습니다

　　　　　　　　　　　　　　　　　　　　　　—「싱싱한 폐허」 전문

　　시인은 '그리움'의 정념이 '환대'의 윤리로 거듭나는 현
장을 온갖 자연과 사물이 다시 들어차기 시작하는 "싱싱한
폐허"로 일렀다. 이곳은 처음부터 "소모되는 감정으로 치
장"하기 위해 건축된 "뒤집어진 공터"(「뒤집어진 공터에 대한
보고서」)와는 아무런 유사성도 나누어 가지지 않는 '진정한
장소'이다. 조만간 들이닥칠 '당신'은 그러므로 이 절대 생
명의 '폐허'를 "오물 더미로 여기며 접근하지"(같은 시) 말아
야 할 의무와 윤리에 구속될 필요가 전혀 없다. 단 하나 남은
일이 있다면 '탄생'에서 '죽음', '아침'에서 '저녁', '꽃'에서
'별', '당신'에서 '나' 사이에 존재하는 모든 현상과 활동을
향해 아마존강 유역 와우라족의 인사말 '아우슈빠이'(「아우
슈빠이」)를 건네는 것뿐이다.

표면적으로 본다면 "싱싱한 폐허"는 문명의 눈에 비친 이른바 '원시 인류'(이 얼마나 폭력적인 말인가!)를 낮추는 한편 높이는 모순형용의 언어임을 부인하기 어렵다. 그렇지만 그들은 우리의 인식과 언어를 통렬하게 비판하기라도 하듯이 순박한 인사말 하나를 삶과 존재에 대한 지극한 예의로 수행 중이다. 하늘에서 땅속까지, 과거에서 미래까지 자신들이 느끼고 경험한 모든 것을 향해 지나칠 정도로 공평하게 '아우슈빠이'라는 '그리움'과 '사랑'의 인사를 잊지 않고 건넨다. 이 행위는 "타일 조각"과 "구부러진 철판"(「뒤집어진 공터에 대한 보고서」)으로 가득한 '문명의 폐허' 속에 감춰진 어떤 빈 곳을 찾아내는 작업이나 다름없다. 어쩌면 그곳에서는 "살구꽃 향기"가 톡톡 튀어 오르는 "풍경을 감춘 말의 뒤편"(「당신의 망설임에는 살구꽃 향기가 납니다」)이 알뜰한 보존과 살뜰한 발굴을 기다리고 있을지도 모른다. 이후의 시집에 묶이게 될 근작시들을 보건대, 시인은 벌써 그 어두운 "말의 뒤편"을 향해 아직은 희미해서 더욱 밝아질 '다정'과 '사랑'의 등불을 애틋하게 매다는 중이다.

崔賢植 | 문학평론가·인하대 교수

바깥으로 향했던 시선을 내 안으로 돌렸습니다.
마음을 다루고, 정서를 손질하고, 감정을 만져서
상대가 다치지 않을 말을 하고 싶었습니다.

그렇게 순한 온기로 지은 향기를 흘리려 합니다.

2022년 11월
'노랑을입을래요'에서
이대흠